El Eco del Roedor
Redacción

Geronimo Stilton
Ratón intelectual,
director de *El Eco del Roedor*

Tea Stilton
Aventurera y decidida,
enviada especial de *El Eco del Roedor*

Trampita Stilton
Pillín y burlón,
primo de Geronimo

Benjamín Stilton
Simpático y afectuoso,
sobrino de Geronimo

Geronimo Stilton

EL GALEÓN DE LOS GATOS PIRATAS

DESTINO

Textos de Geronimo Stilton
Ilustraciones de Matt Wolf revisadas por Mousteche de'Fer, Andy mc Black and Tofina Sakarina
Diseño gráfico de Merenguita Gingermouse
Cubierta de Matt Wolf revisada por Larry Keys

Título original: *Il galeone dei Gatti Pirati*
Traducción de Manuel Manzano

Destino Infantil & Juvenil
destinojoven@edestino.es
www.destinojoven.com
Destino Infantil & Juvenil es un sello de Editorial Planeta, S. A.

Primera edición: abril de 2004
Segunda impresión: junio de 2004
Tercera impresión: marzo de 2006
ISBN: 84-08-05173-3
Depósito legal: M. 10.026-2006
Fotocomposición: Víctor Igual, S. L.
Impresión y encuadernación: Unigraf
Impreso en España - Printed in Spain

¡Queremos a Stil-ton!

¡Qué confusión la de aquella mañana frente a mi oficina! **Ratones** de todos los **tipos** se agolpaban en la plaza. ¡Todo el mundo tenía el hocico apuntando hacia arriba, y parecía que miraran justo a la ventana de mi despacho! La multitud empezó a gritar:

—**¡STIL-TON! STIL-TON!**
¡QUEREMOS A STIL-TON!
¡GERONIMO STIL-TON!

Por suerte nadie me reconoció: ¡Geronimo Stilton soy yo!

Sigiloso como un gato, me deslicé por detrás del gentío y subí por la escalera de servicio.

Entré de prisa en mi oficina. Mi contable corrió hacia mí:

—¡*Señor Stilton*!¡Tengo una noticia terrible! —exc**LA**mó, aireándome frente al hocico la guía que acabábamos de imprimir—. En las **PÁGINAS AMARILLAS** de Ratonia no hay ni una sola dirección correcta! ¡Ni una sola!

Pálido como el queso fresco hojeé frenéticamente la guía.

—Direcciones... e-mail... números de teléfono... ¿Todo erróneo? *¡Esto es la ruinaaaaa!* —CHILLÉ, tirándome de los bigotes.

Oí vocear a la multitud y me asomé a la ventana: en medio de la plaza había una enorme hoguera.

¡¡¡Estaban QUEMANDO una pila de mis guías!!!

Un ratón con expresión enfurecida me señaló con la zarpa:

—¡Mirad, es él! ¡Es Geronimo Stilton, el editor, el que ha publicado las Páginas Amarillas! ¡El que ha provocado el caos en toda la ciudad de Ratonia!

La multitud gritaba:

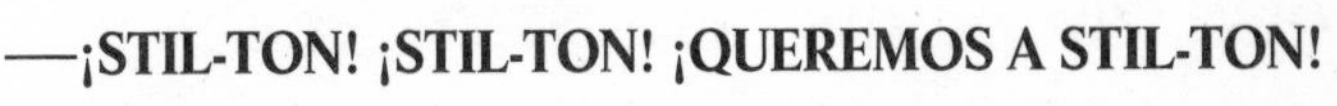

De repente, todos los teléfonos de mi oficina empezaron a SONAR mientras el fax recibía un insulto tras otro.

—¿Me pone con el *señor Stilton*, con el caraqueso del señor Stilton?

—Nooo, el señor Stilton no está..., no sé dónde está..., quizá..., repito, sólo quizá, volverá más tarde... —dije yo en falsete para que no me reconociera.

Decidí dejar descolgados los teléfonos, pero el fax continuaba escupiendo cartas de protesta, mientras en el correo electrónico aparecían mensajes amenazadores:

—¡Sabemos dónde estás e iremos a buscarte!

—¡*Señor Stilton*, es un desastre! ¡Una catástrofe! Piense que incluso nuestro número de teléfono está equivocado: ¡es el de la fábrica de papel higiénico **El suavísimo**! —exclamaba entre lágrimas mi contable.

—Tranquila, señorita Ratela, está todo bajo control... o casi —grité cazando al vuelo los papeles que disparaba a ráfagas el fax.

¡MENUDO PASTEL!

En aquel instante llamó a la puerta Ratonila, mi secretaria.

—¡*Señor Stilton*, su primo Trampita quiere hablar con usted!

—¡No estoy para nadie! —grité.

—Ejemmm…, ¡dice que es urgente!

—*¡No-es-toy!*

Un segundo después, mi primo, un tipo **gordito** con mirada de LISTILLO, estaba dentro de mi despacho con las patas apoyadas encima de mi escritorio.

Chillé, desesperado:

—¿Qué pasa? ¿No ves que tengo cosas que hacer? ¡Y además, por favor, quita las patas de mi escritorio!

—¡Venga ya, primote! ¿Qué tal por aquí? —exclamó él royendo un palillo.

Me quité las gafas para poder llorar mejor.

—Estoy en apuros, ¿no lo ves? Pobre de mí, debería haber elegido otro oficio, qué sé yo..., socorrista, pastelero...

—Tsk tsk tsk, con los pastelones que montas..., si hubieses sido pastelero, ¡quién sabe los pasteles que habrías hecho..., je, je, je! —se carcajeó Trampita.

—Pero ¿cómo te atreves? —chiLLé enfurecido—. ¡Acusarme a mí de ser pastelero!, quiero decir..., ¡de montar pastelones!

En aquel momento sonó el teléfono.

¡ring! ¡ring! ¡ring!

¿Quién podría ser?

—Por favor, si preguntan por mí, ¿podrías decir que no estoy? —le pedí a mi primo.

Trampita descolgó el auricular con aire profesional.

—¿Diga? ¡Aquí *El Eco del Roedor*! No, el *Señor Stilton* no está... Sí, tiene usted toda la razón, es un papanatas, un verdadero caraqueso, sí..., exacto, claro, cómo no, ¿de verdad? Eh, ya, en fin, sí, ¡hay cosas que no se hacen! ¡Ha montado un auténtico pastelón! —chillaba cada vez más fuerte—.

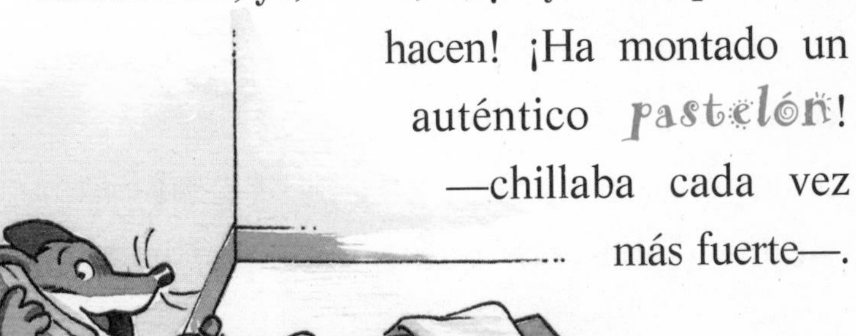

¡Menudo pastel! —concluyó mirándome con compasión mientras colgaba el teléfono.

GRRR.

Yo estaba fuera de mí.

—Te he pedido que dijeras que no estaba, ¡no que le dieses la razón al primer desconocido que llamara!

—No era un desconocido. Era Raviolind Tutiplén, el famoso cocinero, y ha dicho que le has cambiado su teléfono por el del basurero municipal. Mejor que no te repita lo que te ha llamado.

De repente, mi primo se iluminó.

—Pero ¿sabes por qué estoy aquí? ¿Eh, lo sabes?

—¡Sí, estás aquí para darme el tiro de gracia! —farfullé.

—¡Estoy aquí para sacarte del apuro! ¿Sabes qué te voy a proponer? ¿Eh, lo sabes?

—¡No! ¿Cómo voy a saberlo? ¡Y quita tus patazas de mi escritorio!

—Pues —empezó...

Raviolindo Tutiplén

ME TIEMBLAN LOS BIGOTES

... pues, todos los miércoles ponen en televisión un programa sobre misterios...

—¿Ajá? ¿Y bien? —pregunté yo.

—Parece ser que en los Mares del Sur, cerca del archipiélago Zarposo, han avistado una isla completamente de plata. Espera,

eso no es todo: se ve que la isla no está quieta sino que se mueve. ¡He tenido una idea! ¡Ir a buscarla!

—¡No se me ocurriría ni pensarlo! —rebatí—. Y ya sabes que ODIO *viajar*...

Trampita adoptó una expresión de LISTILLO.

—Sin embargo, a ti te conviene desaparecer del mapa una temporadita: ¿te he dicho que en la plaza te espera el equipo de rugby de Ratonia en pleno? Están gritando que quieren hacerte..., no recuerdo bien qué, pero no

murmuró
murmuró

era algo muy agradable —murmuró, y añadió—: Te conviene viajar un poco. Y además, piensa en esa isla misteriosa. ¡Me tiemblan los bigotes sólo de pensar en toda esa plata! A propósito, Tea y Benjamín ya están de acuerdo. Sólo tú, el egoísta de siempre, te niegas a partir...

En ese instante la puerta se Abrió de golpe. Yo me sobresalté, pero inmediatamente suspiré de alivio: era Tea, mi hermana.

—¿Sabes que las PÁGINAS AMARILLAS están mal? Quería reservar una velada romántica en el **BISTROT DU FROMAGE D'OR**

con mi nuevo novio (¿te he dicho que vuelvo a tener novio?), pero me ha respondido una clínica ¡ofreciéndome una habitación con botella de oxígeno incluida y vistas a urgencias! —Me guiñó un ojo—. Deja que te lo diga, menudo pastel has organizado…

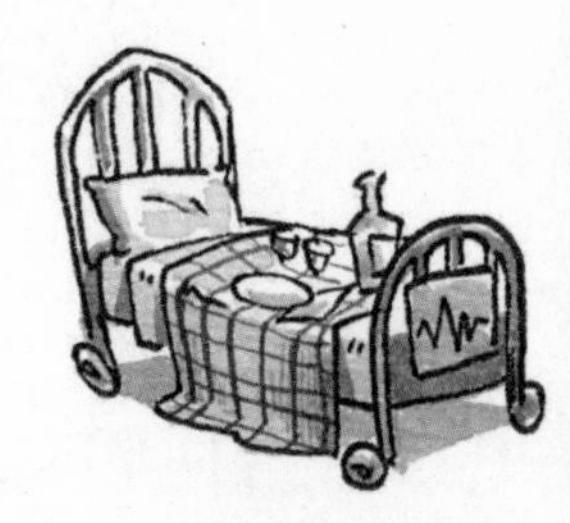

—¡Basta ya de pasteles y pastelones! —chillé exasperado.

Justo entonces entró el camarero del bar de abajo con las **seis** tazas de manzanilla que había pedido.

—Ejem, *señor Stilton*, ¿sabe que ha confundido el número de teléfono de ***PIZZA EXPRESS*** con el de **URGENCIAS**?

Ayer pedí una pizza Margarita y me mandaron una ambulancia. El enfermero me dijo que el hospital quiere ponerle un pleito. ¡Qué pas-

telón!, ¿eh? —concluyó riéndose a mandíbula batiente. Yo estaba a punto de estallar pero logré contenerme.

En aquel momento llegó corriendo el pequeño Benjamín, mi sobrino.

—¡Tío, tío, tengo que decirte algo **im-por-tan-tí-si-mo**! He revisado tu nueva guía y hay un montón de errores. Al número de mi escuela llegan las llamadas de un estudio de tatuajes. ¿Qué es un tatuaje, tío? A propósito, el director ha dicho que quiere venir a hablar contigo de todo este pastel...

Cerré los ojos, inspiré hondo, y entonces le grité a Trampita, que se sobresaltó y por poco se traga el palillo:

—¡Está bien, me habéis convencido, nos vamos! ¡Y rápido!

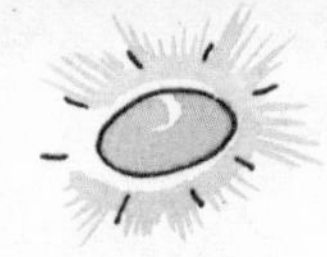

PARTIDA AL ALBA

A la mañana siguiente, al alba, nos encontramos en la playa oriental de Ratonia, donde Trampita hinchaba con aire caliente un enorme **globo aerostático de color violeta con topos amarillos**.

—Pero ¿qué es eso? ¿De dónde lo has sacado? —exclamé.

—Ejem, ¡es un globo de segunda mano! Me lo han dejado por un precio inmejorable en el mercadillo.

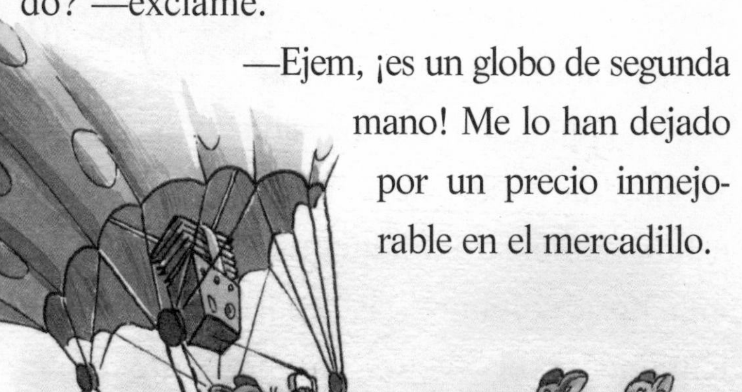

—Antes de nada, no entiendo por qué debemos viajar en globo. Y además, ¡al menos podrías haberlo elegido de otro color! —suspiré.

Yo ODIO viajar…

Tea estaba ya colocando los saquitos de arena que servirían de lastre.

Benjamín estaba emocionadísimo:

—Tío, ¿me haces una foto al lado del globo?

Al cabo de media hora, el **globo** ya estaba hinchado e intentaba elevarse; en una hora soltamos las amarras y alzamos lentamente el vuelo. Yo me senté en el fondo de la cesta, me calé las gafas y es-

cribí en mi diario: «6.25 horas. Hemos partido de la playa oriental de Ratonia. De norte-noroeste a oeste sopla una brisa constante que nos arrastra hacia el archipiélago Zarposo...».

Día tras día anotaba en el diario de viaje todo lo que pasaba a bordo del globo: cambios de dirección del viento, variaciones de altitud y avistamientos en el mar. MAR MAR MAR MAR

Finalmente, a las 12.48 horas del undécimo día avistamos el tan esperado archipiélago.

Mi primo no cabía en el pellejo de la excitación.

—La isla de plata debe de estar por aquí cerca. Mirad bien, y presta atención tú también, Geronimo, que ves menos que un gato de yeso.

—¡Con las gafas veo mejor que tú! —EXCLAMÉ ofendido.

Vi resplandecer un punto de plata que se balanceaba sobre las olas.

Con gran satisfacción, fui yo el primero en avistar la isla. Lejos, casi en el confín del horizonte, vi resplandecer un punto de plata que se balanceaba sobre las olas.
Emocionado, me limpié los cristales de las gafas para ver mejor.
Luego me incliné sobre el borde de la cesta a riesgo de caerme: sí, ¡estaba seguro! ¡Era la isla!
—¡Mirad allá! —grité exultante. Pero inmediatamente después…
Zumm. Una bala de cañón pasó justo a un palmo de mis orejas.
¡*Zumm, zumm!* Otras dos balas de cañón rozaron el globo.
¡Ya me imaginaba yo que esto podía acabar mal!
Y es que *yo* **ODIO** *viajar…*

GARRA DE PLATA

Tea cogió sus prismáticos.

—Pero ¿quién está disparando? ¿Quién? ¿Quiééééén? —gritaba mi hermana. Entonces exclamó—: Eso no es una isla. Es un galeón, un galeón pirata. ¡Y está lleno de gatos!

—¡Gatos! —chillamos aterrorizados.

Entonces, un cañonazo desgarró la tela del globo. Caímos en picado.

Nos agarramos a la cesta del globo, escupiendo agua salada.

—Tea, Benjamín, Trampita… ¿estáis vivos?

—murmuré. Pero ya se nos acercaba un bote a remos. Erguido en la proa, un gato blanco y negro maullaba:

—¡Más de prisa, más de prisa, chusma!

Apenas estuvimos a tiro, nos agarró al vuelo con un garfio y nos cargó a bordo.

—Pero ¡si son ratones! —exclamó feliz.

Remando con empeño, los piratas se aproximaron a la isla, que en realidad era un enorme galeón con velas negras.

Del palo mayor a la rueda del timón, del puente de mando al mascarón de proa, todo era de una brillante y límpida plata que refulgía al sol.

Se llamaba Garra de Plata.

¡Hurra por el Pirata Negro!

El felino que nos había capturado nos empujó a lo largo de un corredor, pinchándonos en el culo con el sable.

—¡Adelante, roedores! ¡Por ahí! Id a rendir homenaje a Su Excelencia CEPO III, príncipe del Mar Sutil, gran duque de la Salinidad, vizconde de la Chirla de Oro, marqués de Estribor, además de barón de la Ola Rugiente..., ¡el único, el excelso, el pérfido Pirata Negro! —maulló solemne.

Mi primo lo miró fijamente a los ojos.

—¿Quién es ese tal CEPO? ¿Tu jefe? Ji, ji, ji —se carcajeó, nada

impresionado—. Nunca me ha gustado la nobleza: demasiado arrogantes, siempre te miran por encima de los bigotes. Para tu información, yo me llamo **TRAMPITA**:

T *de* ¡TE LO HE ADVERTIDO, FELINO!

R *de* ¡RIESGO ES LO QUE CORRES CONMIGO!

A *de* ¡AHORA VAS A VER, MININO!

M *de* ¡MAULLARÁS DE MIEDO!

P *de* ¡POCA PACIENCIA TENGO!

I *de* ¡IDIOTA TE SENTIRÁS DESPUÉS DE QUE TE PONGA LA PATA ENCIMA!

T *de* ¡TONTO DE CAPIROTE QUIEN SE ATREVA CONMIGO!

A *de* ¡ATENCIÓN, QUE YA HE LLEGADO!

El gato se rió:

—El Pirata Negro hará que se te quiten las ganas de bromear…

A todo esto, habíamos llegado al fondo del corredor. En un inmenso salón, más de cien gatos se divertían alegremente: a la luz de las velas distinguí al felino que presidía la mesa. Era un gato negro, de pelaje oscuro como ala de cuervo. Sus largos bigotes rizados estaban adornados con polvo dorado. Vestía una capa de seda **negra** y una casaca de terciopelo, ajustada con un ancho cinturón de cuero con una hebilla con forma de cabeza de gato. Los botones eran valiosísimos rubíes COLOR ROJO SANGRE.

En la

cabeza, un sombrero negro de ala ancha con una pluma dorada que ondeaba siniestramente. Las lustrosas botas estaban adornadas por espuelas que tintineaban a cada paso. Sujetas a la cintura, el Pirata Negro llevaba 2 pistolas con culatas de madreperla y un sable con la empuñadura de plata. Me fijé en que la pata derecha era un garfio de plata. Pinchó una manzana, la lanzó al aire y la cortó en cuatro con el sable, atrapando un pedazo con el garfio de plata antes de que cayera al suelo.

—¡Hurra por Cepo! ¡Hurra por el Pirata Negro! —gritaron como un solo gato todos los piratas.

Con un maullido satisfecho, fue a sentarse en una butaca de terciopelo color escarlata.

Entonces reparó en nosotros...

... y cuando nos vieron se alzaron de un brinco.

Todos los felinos se volvieron, y cuando nos vieron se alzaron de un brinco.

—¡Ratones! ¡Ratones! —ronroneaban relamiéndose los bigotes.

Cepo, el Pirata Negro, continuaba mirándome fijamente. Me di cuenta con un escalofrío de que uno de los ojos era amarillo y el otro verde.

—¡Silencio! —gritó con voz ronca.

Todos se callaron. Entonces se acercó a mí y me levantó el mentón con la zarpa.

—Bueno, bueno, bueno —*maulló* amenazador—. Vaya, vaya, vaya —*bufó* después hinchando la cola—. Mira qué tenemos aquí —*siseó* tan cerca que pude sentir el hedor de su aliento.

De repente, un grasiento gato pardo, vestido de terciopelo amarillo limón, entró dando saltitos y se dirigió hacia un enorme depósito lleno de caracoles en vinagre.

¡BASTA DE CARACOLES!

Era Pistachón, hermano del **Pirata Negro**.

—Ratones, por fin. ¡Basta ya de caracoles! —maulló escupiendo.

—***Cállate, bobo*** —le interrumpió Cepo. Entonces se volvió hacia nosotros.

—He aquí un manjar exquisito... Cuatro raton-

citos, cuatro, y además **gorditos** —murmuró sacando sus afiladas garras y observando distraído a un gato cocinero que doraba decenas y decenas de caracoles sobre un enorme asador.

—¿De dónde venís? —preguntó CEPO, rizando la cola como un signo de interrogación.

En aquel instante, Pistachón, para hacerse el gracioso, pinchó a Trampita con un espadín.

—¡Si estuviéramos en nuestra isla te ibas a enterar de lo que es bueno! —exclamó mi primo.

—¿Qué? ¿Se trata quizá de la legendaria Isla de los Ratones? Nuestro galeón deambula siempre en su busca. ¿No es cierto? —maulló.

—*¡Claro que sííííííí!* —gritaron todos los gatos al unísono.

—¡Claro que sííííííí! —gritó Pistachón a destiempo.

—**¡Cállate, bobo!** —se enfureció Cepo. Entonces se dirigió de nuevo a nosotros.

—Vamos, decidnos dónde se halla la isla y os llevaremos veloces como el viento, palabra de felino.

—¡De honor! ¡De felino! —farfulló Pistachón

—**¡Cállate, bobo!** —le gritó Cepo pisándole la cola con el tacón de la bota.

—¡¡¡Miauuuuuuuuu!!!

—chilló Pistachón.

—¡Por los bigotes del Gran Gato Pardo! No he entendido bien dónde está situada esa isla... —insistió el Pirata Negro.

—A nosotros no nos interesa volver a casa —respondí fingiendo indiferencia.

—¿Y por qué? —preguntó Cepo con aire de sospecha.

—Nosotros cuatro somos los únicos supervivientes de una terrible epidemia. ¡Pobres de nosotros! ¡La ratonitis aguda, una enfermedad contagiosísima que ha exterminado a toda la población! —murmuré—. Así que partimos con la esperanza de encontrar otras islas habitadas por roedores —suspiré melancólico—. ¡Pobres de nosotros!

Lo miré de reojo, fingiendo enjugarme una lágrima.

Un felino grasiento empezó a tocar...

Él parecía reflexionar. Intentaba descubrir si le estaba diciendo la verdad.

—¿La isla está ahora desierta? ¿Es inútil intentar alcanzarla? —murmuraba tamborileando con las uñas sobre la mesa.

Mientras, un felino grasiento con una espada al cinto empezó a *tocar el violín*.

—¿Qué puedo tocar para Vuestra Excelencia? —preguntó viscoso como el queso fundido—. *¿La batalla de la ola traidora* o *La danza del ahorcado resfriado?*

Pero Cepo sólo tenía ojos para nosotros.

—¡Basta, Azazel! Ya has tocado bastante por hoy.

Luego, con aire socarrón, me hizo señas de que me acercara.

—Venga, ¿estás diciendo la verdad o cuentas una mentira **pequeña pequeña** como tú, pequeñajo?

No te agradaría que te azotara las posaderas con la fusta, ¿verdad? —murmuró entrecerrando los ojos hasta convertirlos en dos estrechas ranuras.

Me quedé callado.

CEPO me miró fijamente durante un instante que me pareció interminable.

Después sonrió enseñando sus afilados incisivos.

—¡Venga, llamad al cocinero Relamido!

¡A la Antigua Usanza!

La puerta de la cocina se abrió DE PAR EN PAR. De ella surgió un gatazo con gorro de cocinero que llevaba bordadas dos tibias cruzadas. Tenía los bigotes rizados y la frente perlada de sudor.

—¡Su Eminencia Felina, Su Maullante Majestad, Su Gatidad, ¿no le han satisfecho los caracoles rellenos? Quería hacer algo más para Su Bigotuda Excelencia pero, desafortunadamente… —maulló quejosamente hasta que Cepo lo cortó en seco.

—¡Silencio! Dame tu opinión sobre estos roedores.

—¡Ratones! —gritó Relamido iluminándose—.

¡El sueño de toda una vida! ¡Cocinar un auténtico, un verdadero ratón!

¡Cuánto honor, Su Real Gatería!

—Déjate de monsergas y dime de qué raza son y cómo conviene cocinarlos.

—Ejem —respondió Relamido—, son ratones de raza ra-tónica, y parecen gozar de buena salud. Un poquito del-gaditos para mi gusto. Convendría **cebarlos** durante seis o siete días antes de consumirlos —continuó el cocinero rodeándolos y observándolos con una lupa.

—¿Cuántas raciones obtendremos? —preguntó CEPO.

Relamido reflexionó largo rato antes de responder.

—¡Unas veinte! Serán unos exquisitos bocaditos para unos pocos elegidos —concluyó sopesándolos con ojo experto—. ¡Nutrirse es una necesidad, saber comer un arte! —maulló con aire inspirado mientras consultaba un volumen encuadernado en cuero—. En mi opinión, se podrían cocinar en

guarnición...

caldo, con setas trufadas y perejil, o quizá en escabeche, con patatitas salteadas, ¡sin olvidar el clásico ratón al asador!

Aunque nada supera el bistec de ratón, cocinado con su propio hueso. ¿Y qué decir del ratón cocinado *a la Antigua Usanza* con salsa **PIRI-PIRI** y gratinado con jengibre?

—Sí, me agrada la receta a la Antigua Usanza, pero ¡con poco jengibre!

¡De lo contrario, camufla el sabor de la carne de ratón! —dijo CEPO.

—Sin duda, sin duda, Vuestra Felinidad, vos sí que entendéis —lo aduló Relamido.

—¡Y ahora vete! ¡Vuelve a tus fogones! ¡Desaparece de mi vista! —concluyó Cepo asestándole una patada en el trasero.

—¡OBEDEZCO! ¡Suma y Excelsa Garra, soy vuestro siervo! —murmuró el cocinero, arrastrándose en reverencias y zalamerías.

Pistachón se secó las babas que le colgaban de los bigotes.

—¡Vaya, son tan frescos que incluso podrían comerse crudos! —maulló—. ¡Con aceite, limón y una pizca de pimienta negra! —insistió con una mirada implorante.

—*¡Cállate, bobo!* —le bufó Cepo. Después se dirigió al gato que nos había capturado y le ofreció el anillo que lle-

vaba en el meñique—. Ésta es la recompensa por tu valerosa hazaña.

—¡Gracias, Excelencia! ¡Vuestra generosidad me confunde! —balbució el felino, inclinándose hasta rozar el suelo con los bigotes. Luego se deslizó afuera.

Cepo saltó sobre la mesa y maulló enfurecido, blandiendo su espada a diestro y siniestro:

—¡Llevad a los roedores a las mazmorras! ¡Y ay del felino que los deje escapar!

Todos los gatos se escondieron bajo la mesa para evitar que les rebanaran los bigotes y las colas. Cuatro felinotes musculosos nos escol-

taron y, pinchándonos con sus sables en el trasero (pero ¿es que se había convertido en una costumbre?), nos empujaron por la escalera que llevaba a la Oreja del Gato, una altísima torre de plata de la que parecía imposible escapar.

—¡Vive Dios! ¡Mira qué gordo está éste! —maulló un felino atigrado palpándole la cola a Trampita.

—¡No me toques! ¡Fuera esas zarpas! —gritó mi primo.

—¡Bueno, no te vamos a comer! ¡No todavía! ¡Ji, ji, ji! —se rió el otro empujándolo dentro de una celda.

La llave giró con un chirrido siniestro. Nos miramos, turbados. ¡Qué final tan miserable nos esperaba! Lo presentía incluso antes de partir. *Yo* **ODIO** *viajar...*

Los gatos estaban maniobrando...

La Oreja del Gato

Me asomé a la ventana de la Oreja del Gato sacando el hocico por entre los barrotes.

Los gatos estaban maniobrando: arriaban las velas y se preparaban para cambiar el rumbo. ¡Quién sabe adónde nos llevarían!

—¡Demonio de gatos! ¡Demonio de gatos! —murmuraba tirando de los barrotes con las patas.

Mis compañeros también estaban tristes.

—¡Oh, no quiero acabar dentro de una cazuela, cocinado *a la Antigua Usanza*, con salsa PIRI-PIRI y gratinado con jengibre —sollozó mi primo. Se sorbió las narices y

después se sonó ruidosamente en un pañolón **amarillo** con **topitos rojos**.

En ese momento Benjamín me tiró de la manga de la chaqueta.

—Tío, yo..., yo tendría... —balbució el pequeño ratón.

—Benjamín, por favor, hablamos después.

—Perdona, tío, pero... —insistió él.

—Benjamín, pórtate bien. ¿No ves que estamos hablando de cosas serias? —añadió Tea.

—En fin... ¡Que yo tengo un plan! —exCLAmó enfadado Benjamín.

—¿Un plaaaaan? —preguntamos todos a coro.

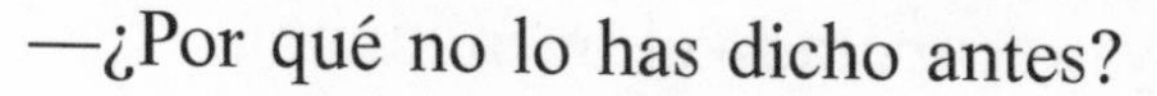

—¿Por qué no lo has dicho antes? —gritó Trampita.

—Pero si ya lo he hecho. Escuchad, lo he leído en un libro que se titula **MEMORIAS AVENTURERAS DE UN ROEDOR SIN MIEDO**. El protagonista finge descolgarse por la ventana de la celda. El carcelero ve la estancia vacía, corre a dar la voz de alarma y olvida cerrar la puerta. Entonces, él entra y se escapa por la puerta... ¿Habéis entendido el truco?

—Hum. Pero ¿cómo serraremos los barrotes? —preguntó Trampita, perplejo.

Con aire misterioso, Benjamín se quitó el cinturón y de un bolsillo secreto sacó una navajita que reconocí inmediatamente. La abrió, mostrando una lima pequeña pero eficaz.

—¿Te acuerdas, tío Gerry? Me la regalaste por mi cumpleaños. ¡La llevo siempre conmigo!

—¡Fantástico! —chilló Trampita, habiendo ya recuperado el buen humor.

—¡Limaremos los barrotes por turnos y uno de nosotros montará guardia! Pero… ¿y el ruido?

—¡Ya lo tengo! —exclamó Tea—. ¡Cantaremos!

¡RA-RA-RA-TONES!

Mientras Benjamín montaba guardia y Trampita limaba, Tea y yo comenzamos a cantar el himno nacional. Como todo ratón sabe, empieza con:

Como una gota en la inmensidad del mar
brilla dorada la Isla de los Ratones
el lugar más bello del mundo
el paraíso de los ratones...

Proseguimos con un canto patriótico:

Somos ratones **fieros** y valientes
roedores de la Isla de los Ratones
no nos da miedo **nadie**
y a los **gatos** nos cargamos a montones.
Porque ratones somos y ratones seremos...
¡Ra-ra-ra-tones!

Tampoco nos olvidamos de *Amigo ratón, juntos venceremos*, el himno de batalla que se remonta a la Gran Guerra Contra los Gatos.

Después pasamos a las canciones de campamento, como *Allí, sobre la coronilla de Pico de la Chinchilla*.

Luego cantamos melodías modernas: *Royendo bajo la lluvia, Un ratón en París, A mi manera ratonil* y *Nueva Ratonia*.

De repente, Benjamín nos hizo señas desesperadamente.

INFERNETO, el gato carcelero, venía hacia nosotros.

—¡Por mil gatos de angora! ¿Qué se trama

por aquí? —maulló con expresión de sospecha.

—Cantamos para darnos ánimos —expliqué simulando estar triste—. Debemos resignarnos: vosotros los gatos sois demasiado listos para nosotros.

—Bravo, muy bien, me gusta comprobar vuestra humildad. ¿Finalmente habéis comprendido que nosotros los felinos somos más inteligentes y astutos que vosotros los ratoncetes? ¿Qué, somos o no somos el doble de **grandes** que vosotros y tenemos el cerebro mucho mayor? —preguntó—. Continuad cantando pero evitad las canciones melancólicas porque me conmueven en exceso. **¡SNIFF!** Y no conviene que un felino osado y valeroso como yo se conmueva, sniff —concluyó alejándose.

—¡OK, jefe, sólo canciones alegres para Vuecencia! —exclamó **TRAMPITA** haciéndole una pedorreta a sus espaldas.

Prrrrrrrrrrrrr

Estábamos casi listos
para la gran evasión...

Corazón de ratón

La noche anterior a la evasión no conseguía dormir.

— ¡Cómo desearía estar en casa, *yo* **ODIO** *viajar*…! —suspiraba dando vueltas y más vueltas en la cama. Mientras tanto, la luz de la luna se filtraba a través de los barrotes. Me di cuenta de que en las paredes de **plata** de la celda había un grabado consumido por el tiempo.

—¡Eeeeehhhhh! —chillé pasmado.

Entonces desperté a Tea—: Es el plano del galeón —murmuré mientras copiaba el dibujo en mi diario—. Nos será útil cuando huyamos:

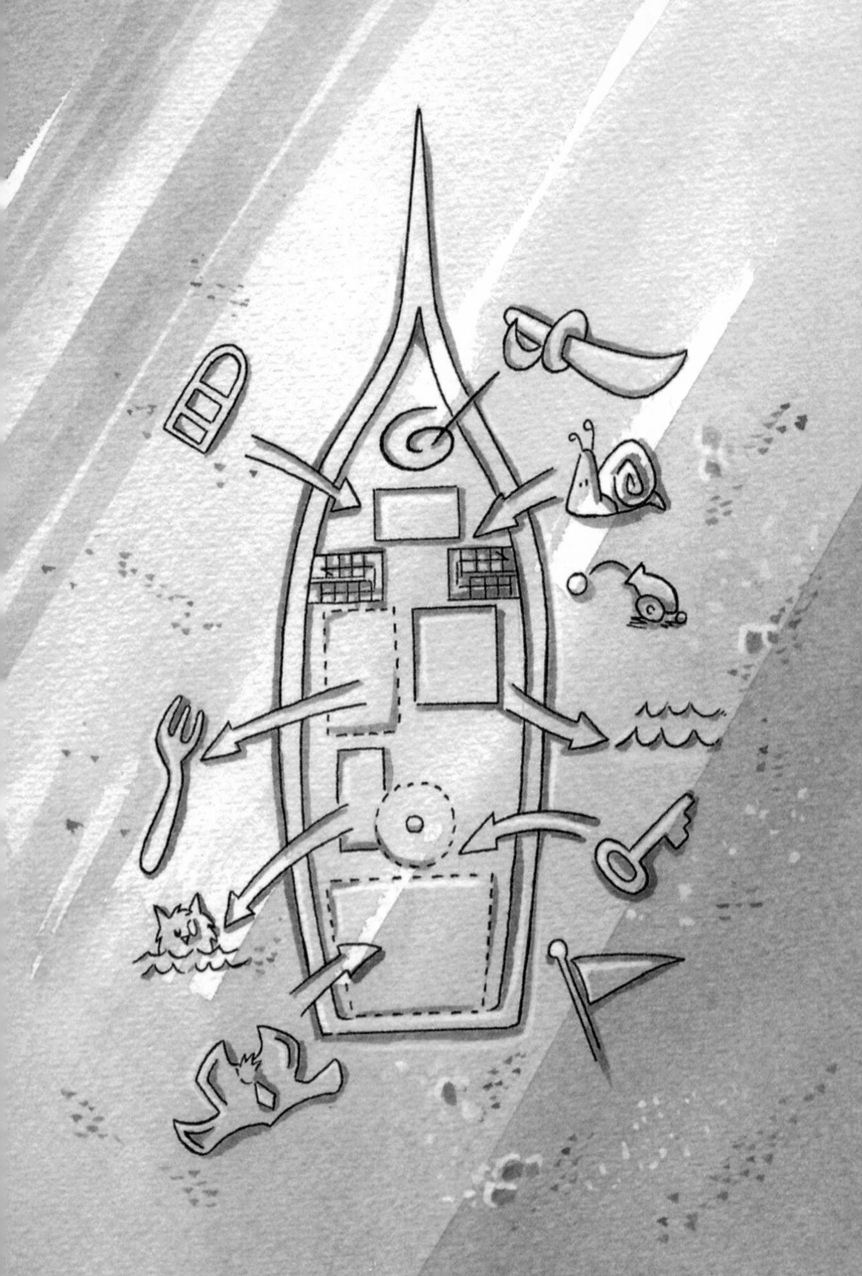

...en las paredes de plata de la celda había un grabado...

¡así conseguiremos orientarnos en este inmenso barco! Perfecto, aquí están las cocinas, la santabárbara, los camarotes, el puente de mando...

—¡Quién sabe quién habrá grabado este plano en la pared! Quizá un prisionero —murmuró mi hermana rozando con admiración el dibujo.

—Hay una fecha: *1663*. Es un texto en ratonaico, la antigua lengua hablada en la Isla de los Ratones:

¡EL CORAZÓN DE
UN RATÓN VALEROSO
ES SIEMPRE LIBRE!
¡ARRIBA LOS CORAZONES,
ARRIBA LOS RATONES!

¡PASTEL DE CARACOLES!

Trampita había charlado largamente con INFERNETO, el gato que nos vigilaba. ¡Así había descubierto por qué los piratas sólo comían caracoles! Desearían comer pescado, pero el Pirata Negro le tenía alergia. ¡Bastaba la simple visión de un pez para provocarle un terrible prurito!

—¡Ah, qué pena, si pienso en todo ese riquísimo pescado! En cambio, nada de nada, no podemos pescar atunes, ni lubinas, ni salmonetes, ni crustáceos, porque ÉL —y aquí bajó el tono de voz— dice que le vienen picores sólo con ver un pez de lejos. —A continuación imitó a CEPO—: Yo no como pescado, y si yo no como, ¡no come NADIE! Así pues, ¡sólo caracoles, siempre caracoles! —farfullaba, bufando furioso.

Finalmente, amaneció la mañana en que deberíamos haber acabado en la cazuela. Inferneto llegó haciendo tintinear las llaves.

—¡Venga, roedorcillos, dentro de un momento vendrá a buscaros Relamido! Mientras tanto, ¿queréis un pastelillo? Así os meteréis un poco de chicha entre los huesitos. Su Excelencia apreciaría vuestra colaboración para **engordar**. Total, ¡a vosotros os da igual!

Trampita murmuró:

—¡Preparaos! —Y entonces se acercó a los barrotes con aire de inocencia.

—¡Buenos días, Inferneto! Me comería a gusto

una rebanada de pan con caracoles gratinados. ¡Y quizá también un poco de pastel de caracoles! ¿Tenéis pastel de caracoles?

—Claro, claro que tenemos. ¿Te apetece también un poco de baba de caracoles... baba montada? ¿Y un caldito caliente de caracoles?

—¿Por qué no, estimado amigo?

—¡Por mil salmonetes mareados, corro a la cocina! —maulló INFERNETO.

Justo cuando dobló la esquina, Tea agarró las sábanas y las ató con nudos rápidos pero seguros. Yo corrí hasta la ventana y quité los barrotes ya serrados. Entonces, con las patas trémulas me aferré a la soga y me descolgué por la ventana el primero; después me siguió el resto. Nos quedamos haciendo equilibrios sobre la cornisa de plata. No resistí la tentación de mirar abajo. Los sesenta metros de altura me producían mareo; los cañones pare-

Nos quedamos haciendo equilibrios sobre la cornisa de plata...

cían armas de juguete, los gatos que, ignorantes, se afanaban yendo de un lado a otro, parecían hormiguitas...

Esperamos durante minutos que parecieron horas. Mientras tanto, un **HEDOR TERRIBLE** se dispersaba por el aire: era el caldito caliente de caracoles.

Por fin oímos un maullido rabioso.

—*¡Por mil pulpitos tontitos! ¡Por mil salmonetes tontetes!* —chilló Inferneto—. ¡Ratones timadores, me han engañado!

—¡*Alerta* a todos los gatos! —chilló su ayudante Perejilito precipitándose hacia la ventana.

—¡Alguno perderá la cola por lo sucedido! —bufaba enfurecido Pistolón, el capitán de la guardia.

¡MIAUUUUMIAUUUU!

—¡Por mil gatos de angora verde, cuando se entere CEPO rodarán cabezas! —murmuró preocupado un oficial felino. Entonces se oyó un maullido ensordecedor que nos erizó el pelaje. ¡Era la sirena de **alarma** de los gatos!

¡Miauuuumiauuuu!

Los piratas corrieron afuera y en el pasillo reinó de nuevo el silencio. Reptando como ratas, subimos por la cuerda y entramos en la celda. ¡La puerta estaba abierta y no había ni rastro de los gatos! Nos escondimos dentro de las armaduras alineadas en el corredor. Sin embargo, en aquel mismísimo instante oímos resonar un tintineo metálico. ¡Eran las hebillas de las botas de Cepo! De repente, el tintineo cesó, justo frente a nosotros.

—¡Hum, snif, snuf! —murmuró el Pirata Negro olisqueando el aire—. ¡Snif, snuf! —maulló mientras seguía oliendo. Ahora el tintineo sonaba cada vez más cercano. A continuación, se oyó un grito felino.

—¡Excelencia! ¡No hemos encontrado huella alguna!

¡Grrrrunff! ¿Quizá a esos ratones les han crecido alas dentro de la celda? ¡Buscadlos mejor, bobalicones! —chilló Cepo dirigiéndose hacia la salida.

PLATA AL SOL

En cuanto el Pirata Negro se alejó, me asomé a la ventana de la Oreja del Gato y espié el enorme puente de mando del galeón. Los gatos corrían de aquí para allá intentando esconderse, ¡justo como nosotros!

—Necesitamos otro plan. ¿A quién se le ocurre una idea? —pregunté, de nuevo frente a mis compañeros.

Reflexionamos en voz baja durante casi una hora:

1. Sólo podíamos volver a Ratonia por mar.

Me asomé a la ventana de la Oreja del Gato...

2. *El galeón nos era útil.*

3. *Debíamos obligar a los gatos a abandonarlo.*

Inmerso en oscuros pensamientos, observaba el galeón desde las alturas. Era casi mediodía, y el puente refulgía bajo el sol.

Las planchas de **plata** brillaban con un fulgor cegador.

—Es de **plata**, todo de **plata**... —reflexionaba. En aquel momento Trampita apoyó una pata contra la pared.

—¡**Eh**, qué calorazo! ¡Esto parece un asador de carne!

Yo lo miré con los ojos en blanco, y entonces murmuré:

—¡He descubierto cómo desembarazarnos de los gatos!

Como un asador de carne

—¿Os habéis fijado en la temperatura de la superficie de la nave? Este galeón es completamente metálico, ha sido construido con **plata**. Mañana al mediodía, cuando el sol esté en su cenit, le prenderemos **FUEGO**. ¡Se pondrá al rojo vivo, justo como un asador de carne! ¡Los gatos se lanzarán al agua y nosotros nos apoderaremos de la nave! —expliqué.

Trampita soltó:

—Estoy de acuerdo. ¡Me gusta la idea de asarlos como bistecs!

Tea reflexionó:

—El Pirata Negro ordenará lanzar los botes de salvamento…

Me reí:

—¡Los botes de salvamento también son de plata, hermanita!

Benjamín me tiró de la chaqueta.

—Pero tío, ¿qué les sucederá a los gatos? ¡No podemos dejar que se AHOGUEN.

La Isla de los Suspiros

Trampita refunfuñó, sombrío:

—¡Por mí pueden acabar como pasto de los tiburones!

Tea sugirió:

—¿No hay ninguna isla por aquí cerca? Consultemos las cartas de navegación del gato contramaestre, Marejadillo; ahora todos están en la cubierta buscándonos.

Hojeé afanosamente las páginas de mi diario en busca del plano de la nave.

—Aquí está, el puente de mando se halla a proa. ¡Rápido, por allí!

CORRIMOS a lo largo de los pasillos abriendo una puerta tras otra.

Finalmente llegamos al puente de mando. En el centro, sobre una larga mesa de plata, había los instrumentos de navegación, libros abiertos y cartas náuticas. Aquí y allá, papeles garabateados en los que reconocí la firma, *la rúbrica*, del Pirata Negro. Consulté una carta náutica.

—La isla más cercana es la Isla de los Suspiros, a treinta millas de aquí.

Tea se inclinó sobre mi hombro para observar mejor el papel.

—¡Es una isla aisladísima, lejos del resto del mundo!

—¡Nunca saldrán de ahí! —exclamó Trampita

mientras Tea calculaba la posición de la nave.

—La Garra de Plata sigue una ruta muy distinta. Si los piratas se lanzan al mar mañana al mediodía, no podrán llegar a nado hasta la isla. Tenemos que encontrar la forma de modificar el rumbo sin que ellos se den cuenta.

Entonces mi hermana observó la gran brújula dispuesta en el centro de la sala.

—¿Sabéis cómo funciona una brújula? —preguntó—. La aguja magnética siempre apunta hacia el Norte. Pero basta acercarle un imán para que se desvíe. Sin embargo, ¿dónde podemos encontrar un imán?

El quesito de la suerte

Benjamín exclamó:

—¡Aquí tenemos un imán, tío Geronimo! —dijo dándome el amuleto del que nunca se separa. Era un quesito de plástico adherido a un imán: el imán servía para pegarlo a la puerta metálica del frigorífico.

Tea colocó el amuleto en la base de la brújula. Después, controló la variación de la aguja a medida que movía el quesito.

—¡Perfecto! —concluyó mi hermana satisfecha—. ¡De ahora en adelante, la brújula in-

dicará la ruta hacia la Isla de los Suspiros!
Nos escondimos dentro de un enorme cofre de **plata** que contenía rollos de mapas náuticos. Cuando oí ruidos, entreabrí la tapa del baúl y vi entrar al contramaestre Marejadillo. El felino se acercó a la mesa, echó una mirada a la brújula y dio un salto del susto.

¡Miauuuumiauuuuuu!

—¡Llevamos una ruta equivocada! ¡Rápido, todo el mundo a sus puestos! —maulló.

ESCOTA Y JUANETE

Entonces agarró el megáfono de **plata** y gritó:

—¡*Todos los felinos manos a la obra!* ¡Velas de babor, velas de estribor! ¡Izad el foque, arriad el contrafoque, subid a la botavara, enderezad el amantillo, la mesana, las jarcias y los obenques! ¡Grumetes, estad atentos a los mástiles! ¡Ojo con la escota y el juanete! ¡Izad las velas volantes, las velas fijas y el velamen menor!

Los oficiales de la nave protestaron en seguida.

—¿Por qué cambiamos la ruta, Marejadillo?

El contramaestre se secó el sudor que le goteaba de los bigotes.

—No lo entiendo... ¡Estábamos completamente alejados de la ruta correcta! Pero ya lo he arreglado.

Sonreí y cerré la tapa. Sí, precisamente entonces habíamos tomado la ruta correcta... pero ¡hacia la Isla de los Suspiros!

TRES, DOS, UNO...

Aguardamos a que pasara el tiempo impacientes.

A las once del día siguiente estábamos listos.

—¡No veo la hora de TOSTAR a la plancha a los gatos! —rió Trampita.

Esperamos a avistar la Isla de los Suspiros. Cuando el galeón estuvo cerca de la isla, nos deslizamos hasta la santabárbara, donde había montones de barriles y barriletes repletos de pólvora.

Cada uno de nosotros cogió un barril de pólvora, y corrimos a nuestros puestos.

Para desorientar a los piratas y dar la impresión de que todo el galeón estaba en llamas, provocamos 12 incendios a la vez en 12 puntos distintos de la nave.

—4 3 2 1... ¡fuego!

Crepitando, muebles, cortinajes y libros se incendiaron, produciendo un humo negruzco que lo invadió todo.

Oímos a los felinos gritar:

¡fuego!

¡fuego!

¡fuego, fuego!

Las llamas crecían alimentadas por el viento...

Las llamas crecían alimentadas por el viento, que soplaba impetuoso. Nosotros nos protegimos las patas con ropas y trapos, porque el galeón empezaba a ARDER. Lo que desorientaba a los gatos era que las llamas parecían surgir de todos lados.

Los oíamos maullar:

En poquísimo tiempo la nave se puso incandescente. ¡Los gatos saltaban sobre la cubierta ardiente como un asador, o más bien como una plancha! En un momento dado, convencidos de que no había nada que hacer y de que el galeón estaba a punto de estallar, todos los gatos se lanzaron al agua.

—¡DETENEOS, BELLACOS! ¡YO DIRÉ CUÁNDO DEBÉIS ABANDONAR EL BARCO! —maullaba enfurecido el Pirata Negro. Pero ya nadie lo escuchaba.

UNA GARRA CANDENTE

Esperamos a que todos los piratas se hubiesen lanzado al mar. Entonces, Trampita y yo nos precipitamos a las velas, Tea al timón, y Benjamín, a su vez, corrió a cerrar las puertas de las estancias en LLAMAS. En la base de

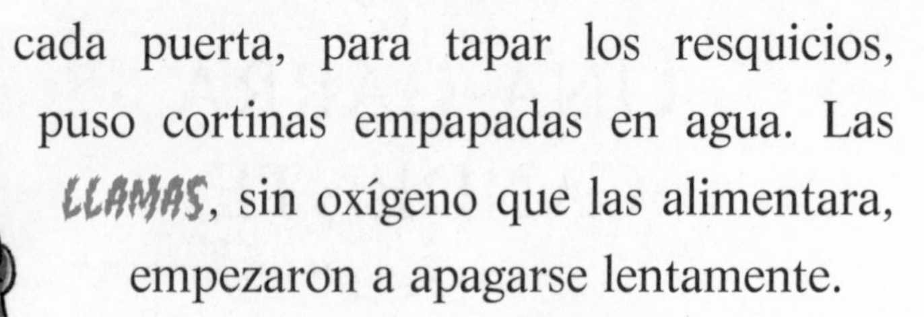

cada puerta, para tapar los resquicios, puso cortinas empapadas en agua. Las LLAMAS, sin oxígeno que las alimentara, empezaron a apagarse lentamente.

Los piratas, pasado el momento de la sorpresa, intentaron subir de nuevo a bordo, pero antes de que pudiesen trepar por la cadena del ancla ya estábamos lejos.

—¡¡¡RUMBO A RATONIA!!!—gritó Trampita.

Entreví al Pirata Negro, que gesticulaba. En aquel instante el viento nos trajo sus palabras:

—¡MIAUAARGRRR, si os tuviera entre las garras haría salchichas de vosotros! —exclamó, dando sablazos a diestro y siniestro, como queriendo rebanarnos a distancia.

Pistachón (lo reconocimos por su chaqueta amarillo limón) nadaba desesperado, intentando dejar atrás a su hermano. Reconocimos también a Marejadillo, el felino contramaes-

tre, a Inferneto, nuestro carcelero, a Pistolón, el capitán de guardia y a tantos otros...
Tea se asomó al mar y escrutó el horizonte: la Isla de los Suspiros estaba cerca, cerquísima.
Los piratas, abandonada toda esperanza de subir a bordo, nadaban hacia la isla con aire resignado.

OÍMOS UNA CANCIÓN FELINA

Me fijé en que mi hermana tomaba apuntes, anotando la letra de la canción.

Si en el horizonte
un galeón veis ondear,
¡es una nave pirata, temblad!
Si un gato con botas oís maullar,
¡es un gato pirata, temblad!
Somos muchos, somos malvados,
somos expertos en naufragios

y todos vamos tatuados
hacia el abordaje disparados.
Miauuuuuu...
Tu oro buscamos,
¡y a los tontos como tú nos merendamos!

Nosotros, como respuesta, entonamos nuestro cántico de guerra:

MIL CRIATURAS SE ALZAN FIERAS,
MIL VOCES ACLAMAN EN CORO,
MIL BIGOTES VIBRAN VALIENTES,
MIL PATAS ALZAN TU BANDERA AMARILLA:
BAJO EL PELAJE
MIL CORAZONES BATEN POR TI,
DULCE, DULCE RATONIA...

Elogio del caracol

Pasaron los días. Cada mañana, cuando salía a cubierta, escrutaba el mar en busca de un **PUNTO** en el horizonte que no llegaba nunca.

No veía la hora de llegar a casa: *yo* **ODIO** *viajar…*

¡Ratonia, dulce ciudad, era mi primer pensamiento apenas me despertaba y el último antes de dormirme!

Habíamos explorado el galeón de punta a punta: a bordo había provisiones que serían suficientes para años de navegación.

En una jaulita dorada estaba Tarantina, la tarántula de compañía del Pirata Negro.
A mí me tocó el camarote del Pirata Negro.

¡Mira, mira, aquí está la correa con la que la sacaban a pasear!

En un cuenco de plata, sopa de hormigas, moscas y mosquitos fritos, su comida preferida.

El Pirata Negro tenía una pasión secreta: el punto de cruz.

Sobre la gran cama con dosel estaban expuestos decenas y decenas de cojines pacientemente bordados.
Con un suspiro de satisfacción, me deslicé bajo las sábanas de lino y la cubierta de raso de Damasco. Bajo la cama, un orinal con el escudo nobiliario del Príncipe del Mar Sutil.

También había una alfombrilla. ¡Qué mullida! Toda de pelaje gris.

Brrrrrrrrrrr!

¡Quizá era de ratón!

Benjamín, que había insistido en dormir conmigo en el camarote, entró cargado de mantas.

—¡Estoy haciendo limpieza, quiero que el camarote esté lustroso como el plato de un gato hambriento! —excla**MÓ** contento.

Tea, por su parte, había elegido el camarote de Pistachón, totalmente tapizado de raso amarillo canario.

Descubrimos que el pirata amarillo coleccionaba juguetes antiguos: marionetas, peonzas, barquitos y ratoncitos de cuerda.

Pistachón tenía también un precioso juguete mecánico del siglo XVIII: ¡era un gato que tiraba de la cola a un ratón!

Trampita, por su parte, ocupaba la habitación más cercana a la cocina, la del cocinero Relamido. En su camarote, grasiento y lleno de huellas, abundaban los libros de recetas felinas.

—ELOGIO DEL CARACOL, MIL Y UNA SUBLIMES RECETAS FELINAS —leía Trampita desde la mecedora de Relamido.

Bombones rellenos de olivas

Caracolillos fritos en sus babas

Cuernos de caracol con salsa de menta

Paté de caracol a las hierbas aromáticas

Sopa de caracol al ajo

Filetes de caracol a la guindilla picante

Caracolillos en escabeche

Lenguas de caracol agridulces

¡GRACIAS, CEPO!

Estaba yo al timón cuando Benjamín, agitando una escoba y un trapo para el polvo, corrió a llamarme.

—¡TÍO Geronimo, ven a ver lo que he encontrado!

Me agarró de la chaqueta, con las manos aún enjabonadas.

—¡Baja rápido, TÍO! ¡Baja al camarote! —gritaba saltando por la cubierta.

—¿Al camarote? ¿Qué camarote? —pregunté sorprendido. No entendía nada.

—TÍO, estaba pasando la fregona por el suelo de tu camarote, es decir, de la cabina del Pirata Negro, cuando he descubierto que bajo la cama hay un compartimento secreto.

En el camarote de Cepo me esperaba una sorpresa.

En el suelo había una escotilla cerrada con un enorme candado de plata.

—**¡Rápido, abrámoslo!**

—exclamó Trampita, tan excitado como Benjamín, o más, si cabe.

—**¡Calma, calma, calma!**

—dije—. No os hagáis ilusiones, podéis decepcionaros. ¡Quizá sólo contenga los calzones de recambio del capitán!

Tras media hora de esfuerzos conseguimos hacer saltar la cerradura.

La escotilla se abrió revelando montones de monedas de oro y plata, joyas y piedras preciosas.

—¡UN TESORO! —gritó Trampita abalanzándose sobre él y metiendo el hocico en el montón de monedas—. ¡Y qué tesoro! —continuó, tirándose las monedas por encima de la cabeza. Después se metió entre el montón de monedas como para darse un baño.

Entonces se colocó una corona en la cabeza y se puso varios brazaletes en la muñeca—. ¿Cómo me quedan? ¿Parezco el *Rey de los Piratas*? —preguntó riéndose.

—¡Tío, mira esos rubíes! ¡Son grandes como uvas! —exclamó Benjamín volcando el contenido de un saquito de cuero.

—¡Deben de ser los botones de recambio de Cepo! —sonrió Trampita sopesándolos. Luego los lanzó al aire como un prestidigitador.

—¡Alehop! ¡Alehop! ¡Alehop!

—chillaba cada vez que atrapaba uno—. ¿Sabéis que trabajé en un circo?

Tea abrió un precioso cofrecito de madreperla.

—Perlas rojas. ¡Qué maravilla! —susurró, poniéndose al cuello un collar de perlas de delicados matices. El cofrecito contenía también un brazalete, un anillo, un par de pendientes y una minúscula y preciosa diadema.

—¡Estas joyas me recuerdan algo! —Entonces me di en la frente con la pata—. ¡Ya lo tengo!

¡Aparecían en un famoso retrato de la *Reina Colarroja!*

Examiné con atención las monedas.

—Este doblón de oro es del Principado de Felinia. Lleva impreso el lema de los piratas: ¡Lo que es tuyo es mío... pero lo que es mío es mío y basta!

A continuación entrecerré los ojos, me quité las gafas y las limpié para poder ver mejor. ¿Era posible?

—Esto... Esto... —balbucí incrédulo— es el legendario Escudo de plata, ¡la primera moneda acuñada en la Casa de la Moneda de Ratonia!

La fecha era 1458. Llevaba impreso el lema de nuestra isla: *¡Arriba los corazones, arriba los ratones!*

¡VIENTO EN POPA!

—¡Viento en popa! Seguimos en ruta siempre a 95º Este. ¡ARRIBA LOS CORAZONES, ARRIBA LOS RATONES! —repetíamos con un guiño alternándonos al timón.

Sí, viajando hacia el **Este** pronto estaríamos en Ratonia la dulce, donde se habían quedado nuestros corazones. Me subí a un taburete para aferrar bien la rueda del timón de madera de caoba, gobernado por las patas de quién sabe cuántos piratas. ¡Qué nave! Un verdadero galeón de combate. A saber en cuántos abordajes había participado...

Acaricié la rueda del timón.

Los marineros dicen que los barcos están vivos, que tienen alma.

Éste debía de tener un **almita** un poquito negra. Después, con un ojo puesto en la brújula y el otro en las velas, me perdí en mis pensamientos.

Esperaba que alguien le hubiese quitado el polvo a mi colección de cortezas de queso parmesano…

Luego di un par de palmaditas sobre el bolsillo donde guardaba mi diario.
A mi libro sólo le faltaba la conclusión.
Un desenlace feliz, esperaba.
—¡Tierraaaaaaaaaaaaaaaaaaaa!
—¿Tierra? —preguntó Tea saliendo de la despensa a todo correr.

—¡¡¡Sí, tierra!!! —respondió Trampita, feliz, mandándole un beso de lejos.

—Tierra, tierra, tierraaa... —canturreó Benjamín, improvisando el baile del Tallarín allí mismo, en proa, a riesgo de caerse al agua.

—*¡Corta allá, corta allí, corta este tallarín!* —canturreaban Trampita y Tea girando de un lado a otro sobre la cubierta.

¡Qué imagen de locos dábamos!

Mi hermana, la única de nosotros que sabía coser, había acortado y **estrechado** algunos trajes de los piratas encontrados en el galeón.

Trampita vestía una camisola de encaje, antaño blanca, ahora de un color indefinido, ¡diríase color ratón!

Benjamín estaba embutido en una malla a rayas **rojas y blancas**. En la cabeza se había anudado un pañuelo que le daba un aire pendenciero.

Tea, por su parte, llevaba un refinado chaleco de seda amarillo canario, con rebordes de pasamanería dorada.

En el baúl de CEPO, cuidadosamente plegada y rociada de naftalina, yo había descubierto una levita de terciopelo negro. Llevaba las mangas remangadas y la cola me llegaba hasta el suelo.

Intenté recomponerme el pelaje, lleno de sal de mar, y peinarme los bigotes, repletos de nudos.

—¡*Primote, no te preocupes!* —excla**MÓ** arrogante Trampita. Luego se pavoneó, alisándose los pliegues pringosos de la camisa.

—¡Nosotros estamos más allá del concepto de elegancia! ¡Carambita, se ve que no estamos destinados a pescar sardinas! ¡Estamos destinados a combatir contra los piratas! —dijo mi primo acompañando la palabra «piratas» con el gesto de rebanarle la garganta a alguien—. ¡*Gatos piratas* enormes, tan grandes como... como cien ratones juntos! —concluyó, como si estuviese ensayando un discurso.

—Bueno, Trampita, no exageremos. Piensa que yo también estaba —rebatió Tea.

—¿Estás insinuando que soy un mentiroso?

¿O que necesito gafas?
—refunfuñó Trampita dando saltitos como un púgil—. Eran gatos enormes, con bigotes tan largos como mi cola. ¿Y las zarpas? ¿Os acordáis de las zarpas? ¡Parecían cuchillas tan afiladas que podrían rebanar a un ratón en un abrir y cerrar de ojos! ¡Zic zac! —Y mientras eso decía cortó en 4 una manzana con el cuchillo. Entonces suspiró—. En fin, de todas maneras, puedo jurarlo, ¡eran los gatos más GRANDES que he visto nunca! —concluyó ofreciéndonos en señal de paz un cuarto de manzana a cada uno.

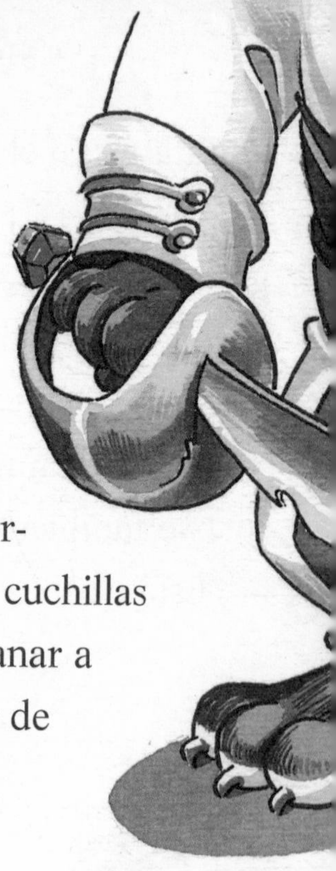

—¡Ah, claro, eran los primeros y únicos gatos que has visto jamás! —se burló Tea.

Ratonia la dulce

¿Puede una tierra ser dulce?

Con viento en popa entramos en el puerto de Ratonia, nuestra ciudad, donde habíamos dejado nuestros corazones.

Benjamín se subió a lo alto del palo mayor: desde allí agitó feliz un sombrero de pirata.

—Qué bien volver a casa..., ¡*yo* **ODIO** *viajar*!

Emocionado, reconocí la estatua de la entrada del puerto de Ratonia, que da la bienvenida a todo el que llega por mar.

Es la estatua de la Libertad, que sostiene en **alto** un trozo de queso. Es el símbolo de la isla, y está en el corazón de todos los roedores.

Pasamos por delante de las oficinas de la Capitanía del Puerto. A través de los cristales, morros estupefactos de ratones de uniforme.

Un galeón pirata no es un espectáculo que se vea cada día.

—¡Mostremos cómo se saluda! —excla**mé**.

Nos *inclinamos* solemnemente, rozando el suelo con las plumas de nuestros sombreros de pirata.

—¡Hurra por Ratonia! —gritamos

mientras Trampita disparaba cientos de salvas con los cañones de nuestra nave. Las barcas que nos encontrábamos nos cedían el paso, y después se añadían a nosotros en un cortejo de honor.

—¡Seremos famosos, ratonzuelos!

—gritaba Trampita, pavoneándose sobre la

cubierta con aire de comandante. Mientras, iba distribuyendo a diestro y siniestro *solemnes ademanes de saludo*.

—¡Si ahora ya se les rizan los bigotes del estupor, imaginaos cuando vean el tesoro! —exclamé excitado, improvisando unos pasos de baile sobre la cubierta, a riesgo de caerme al agua.

Arriamos las velas del galeón. La Garra

de Plata ancoró solemnemente en el centro del puerto. Lanzamos al agua un bote y alcanzamos la orilla.

¡No os cuento cuántos roedores desconcertados se veían en los muelles!

La multitud parloteaba y se preguntaba:

—¿De dónde vienen, y de dónde ha salido ese enorme galeón de Plata? ¿Por qué está armado con tantos cañones? ¿Y esa bandera con las tibias? Mira cómo van vestidos. Eh, pero ¿ése no es *Geronimo Stilton*, el director de *El Eco del Roedor*? Sí, hombre, sí, *Stilton*, aquel que desbarató el orden de los teléfonos de las PÁGINAS AMARILLAS..., ¿te acuerdas de todas aquellas direcciones equivocadas? ¡Por mil quesos de bola, tienes razón! ¡Mira, también está su hermana, Tea Stilton! ¡Qué guapa es! ¡Qué ojos violeta tan bonitos!

¡Por mil quesos de bola!

¡PERDONADO!

Entrevistas en los periódicos, en la radio, en la televisión: todo el mundo quería conocer los detalles de nuestra gran aventura.

Nos habíamos convertido en los héroes nacionales de Ratonia.

No sólo porque habíamos derrotado a los gatos piratas, confinándolos en la Isla de los Suspiros...

Sino también, y sobre todo, porque habíamos traído con nosotros el legendario **Escudo** de **Plata**, que los piratas habían sustraído de

Ratonia en tiempos de la Gran Guerra de los Gatos.

Decidimos donar a la ciudad el **Galeón de Plata**, que se convirtió en un museo dedicado a la historia del pueblo de los ratones.

Nuestro éxito fue tal que mi, ejem, pequeño error en las **PÁGINAS AMARILLAS** antes de partir fue perdonado. Aunque alguna copia con las direcciones equivocadas, no se sabe cómo, aún continuaba circulando y de vez en cuando alguien llamaba a nuestra redacción pidiendo una partida de papel higiénico

El suavísimo.

En cuanto a mí, ¡no veía la hora de poner por escrito todo lo que había sucedido!

Me encerré en casa y empecé a escribir. El encuentro con Cepo y Pistachón, el calabozo, la fuga, el abordaje, el viaje de retorno: *¡todo estaba en el diario!*

En menos de un mes tuve listo el libro. Incluso había decidido ya el título: **EL GALEÓN DE LOS GATOS PIRATAS**. ¿Y el nombre de la colección? ¡**HISTORIAS PARA REÍR**, naturalmente! Iba a ser un bestseller, mejor dicho, un ratseller, estaba seguro de ello…

¡¡¡Y yo, para los bestsellers, tengo olfato!!!

Islas, pizzas y maletas

¿Y el tesoro? Cada uno de nosotros hizo un uso distinto de su parte. Mi hermana ha adquirido una pequeña isla al noreste de Ratonia, un parque natural donde todas las especies en vía de extinción encuentran refugio.

También ha hecho construir un enorme catamarán con el que ahora navega a lo **largo** y **ancho** de los mares que rodean Ratonia. A propósito, ha vendido a una casa discográfica la canción de los piratas, ¡que ha tenido un éxito clamoroso!

CLAMOROSO

¿Y Trampita? Cada vez que enciendo la televisión, ahí está mi primo. Con un parche negro en el ojo, agita una banderola con la calavera y las tibias cruzadas. Luego, guiñando el otro ojo con descaro, exclama:

—¡Os espero en la pizzería **«EL GALEÓN DE LOS PIRATAS»**!

Después entona su eslogan:

¡PIZZAS AL QUESO

QUE MERECEN UN BESO!

Entonces, para sorprender a los espectadores, se lanza al vacío agarrado a una cuerda...

sosteniendo entre los dientes una porción de pizza **HUMEANTE**. El listillo ha abierto una cadena de restaurantes. En ella, camareros vestidos de piratas sirven pizzas con queso. Cientos y cientos de roedores hacen cola para entrar, os lo aseguro, yo lo he visto.

Ah, el poder de la publicidad...

Por el contrario, ¿sabéis qué hemos decidido Benjamín y yo?

No lo adivinaríais nunca.

Justo en este momento estoy preparando las maletas. Parto, es decir, partimos, a dar la vuelta al mundo durante un año entero.

Sí, me he dado cuenta de que viajar es bello; en realidad es

¡¡¡ **MARAVILLOSO**!!!

Me he dado cuenta de que viajar es bello;
en realidad es maravilloso.

ÍNDICE

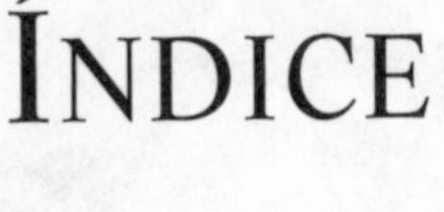

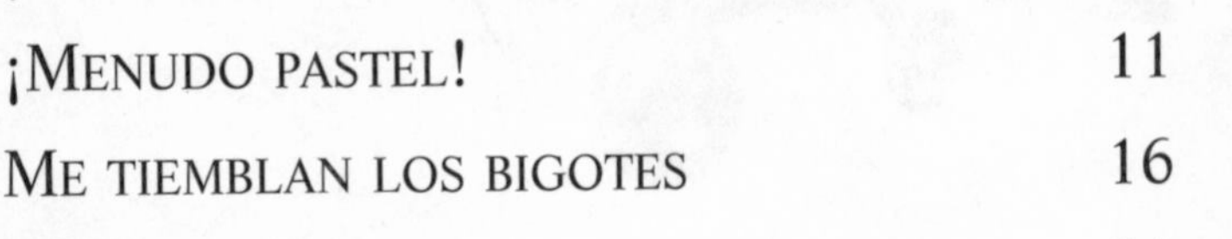

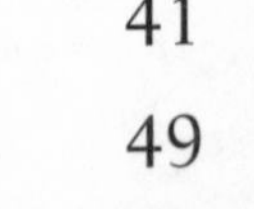

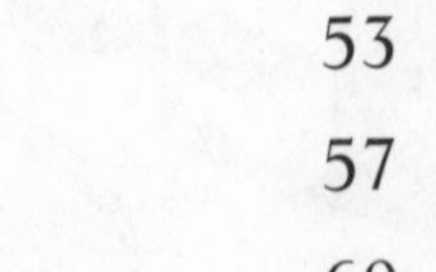

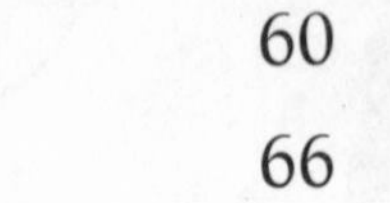

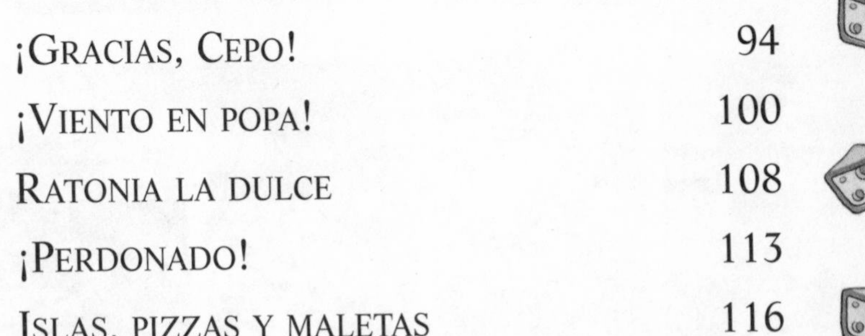

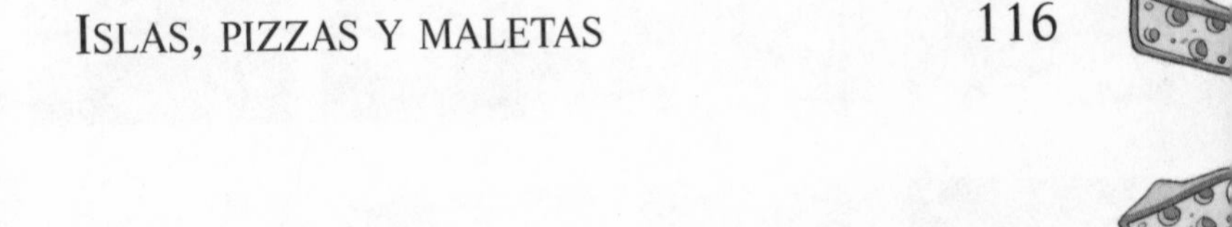

Geronimo Stilton
MI NOMBRE ES STILTON, GERONIMO STILTON
HUMOR Y AVENTURA
DESTINO

Geronimo Stilton
EN BUSCA DE LA MARAVILLA PERDIDA
HUMOR Y AVENTURA
DESTINO

Geronimo Stilton
EL MISTERIOSO MANUSCRITO DE NOSTRARRATUS
HUMOR Y MISTERIO
DESTINO

Geronimo Stilton
EL CASTILLO DE ROCA TACAÑA
HUMOR Y AVENTURA
DESTINO

Geronimo Stilton
UN DISPARATADO VIAJE A RATIKISTÁN
HUMOR Y VIAJES
DESTINO

Geronimo Stilton
LA CARRERA MÁS LOCA DEL MUNDO
HUMOR Y AVENTURA
DESTINO

Geronimo Stilton
La sonrisa de Mona Ratisa
Camaleón
DESTINO

Geronimo Stilton
EL GALEÓN DE LOS GATOS PIRATAS
HUMOR Y VIAJES
DESTINO

Geronimo Stilton
¡Quita esas patas, caraqueso!
Camaleón
DESTINO

Geronimo Stilton
EL MISTERIO DEL TESORO DESAPARECIDO
HUMOR Y MISTERIO
DESTINO

Geronimo Stilton
CUATRO RATONES EN LA SELVA NEGRA
HUMOR Y VIAJES
DESTINO

Geronimo Stilton
El fantasma del metro
Camaleón
DESTINO

Geronimo Stilton
EL AMOR ES COMO EL QUESO
HUMOR Y AVENTURA
DESTINO

Geronimo Stilton
EL CASTILLO DE
HUMOR Y MISTERIO
DESTINO

Geronimo Stilton
¡AGARRAOS LOS BIGOTES...QUE LLEGA RATIGONI!
HUMOR Y AVENTURA
DESTINO

Geronimo Stilton
TRAS LA PISTA DEL YETI
HUMOR Y AVENTURA
DESTINO

NO TE PIERDAS MIS HISTORIAS MORROCOTUDAS. ¡PALABRA DE GERONIMO STILTON!

1
2
3
4
8
18
9
13
12
19
11
10
17
Río Ratonio
15
5
28
22
20
26
7
23
27
14
16
25
21
24
36
40
38
37
29
31
Playa
41
32
34
33
6
30
42
43
39
35

Ratonia, la Ciudad de los Ratones

1. Zona industrial de Ratonia
2. Fábricas de queso
3. Aeropuerto
4. Radio y televisión
5. Mercado del Queso
6. Mercado del Pescado
7. Ayuntamiento
8. Castillo de Morrofinolis
9. Las siete colinas de Ratonia
10. Estación de Ferrocarril
11. Centro comercial
12. Cine
13. Gimnasio
14. Sala de conciertos
15. Plaza de la Piedra Cantarina
16. Teatro Fetuchini
17. Gran Hotel
18. Hospital
19. Jardín Botánico
20. Bazar de la Pulga Coja
21. Aparcamiento
22. Museo de Arte Moderno
23. Universidad y Biblioteca
24. «La Gaceta del Ratón»
25. «El Eco del Roedor»
26. Casa de Trampita
27. Barrio de la Moda
28. Restaurante El Queso de Oro
29. Centro de Protección del Mar y del Medio Ambiente
30. Capitanía
31. Estadio
32. Campo de golf
33. Piscina
34. Canchas de tenis
35. Parque de atracciones
36. Casa de Geronimo
37. Barrio de los anticuarios
38. Librería
39. Astilleros
40. Casa de Tea
41. Puerto
42. Faro
43. Estatua de la Libertad

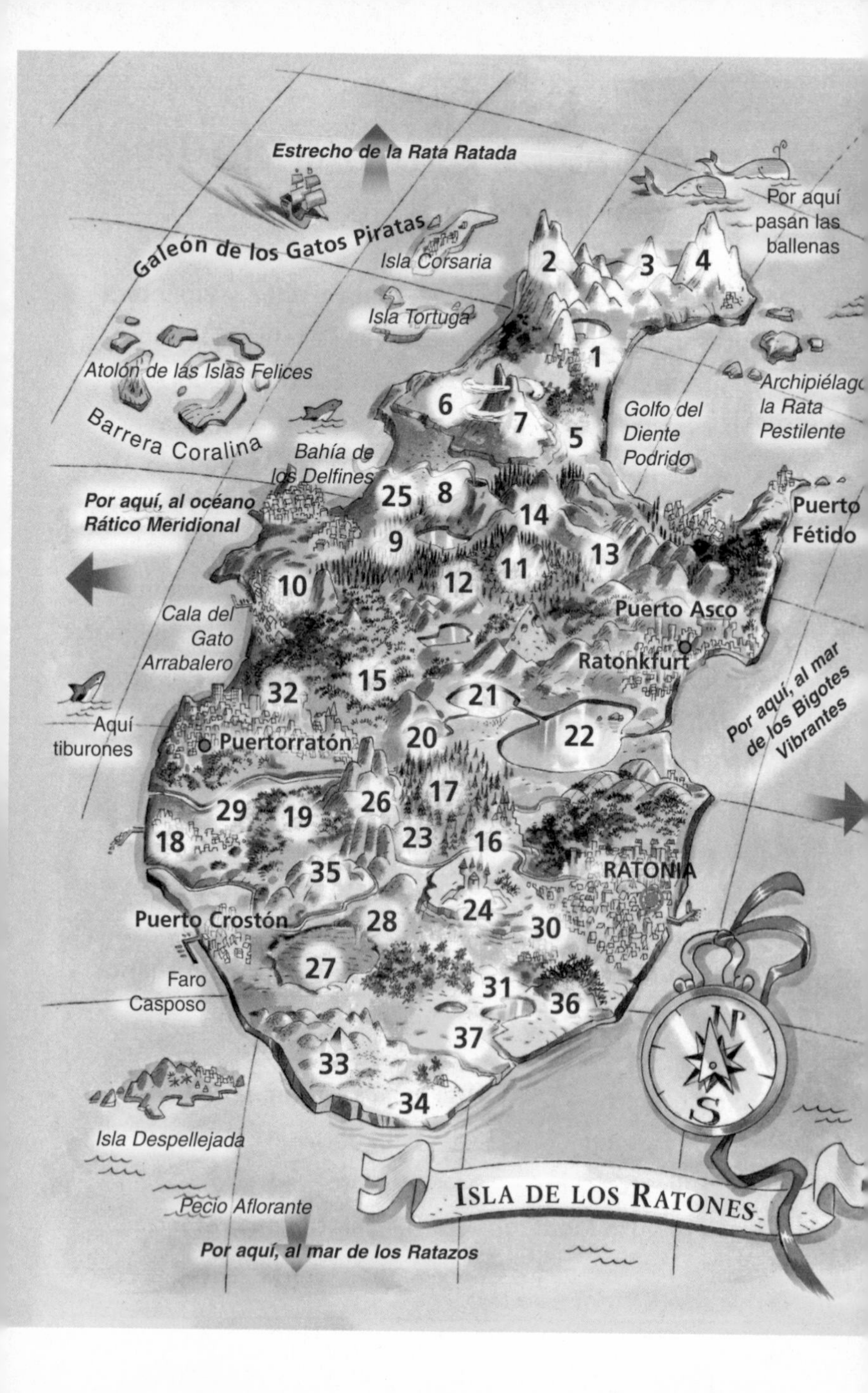
Estrecho de la Rata Ratada
Galeón de los Gatos Piratas
Isla Corsaria
Isla Tortuga
Por aquí pasan las ballenas
Atolón de las Islas Felices
Barrera Coralina
Bahía de los Delfines
Golfo del Diente Podrido
Archipiélago la Rata Pestilente
Por aquí, al océano Rático Meridional
Puerto Fétido
Puerto Asco
Ratonkfurt
Cala del Gato Arrabalero
Aquí tiburones
Puertorratón
Por aquí, al mar de los Bigotes Vibrantes
RATONIA
Puerto Crostón
Faro Casposo
Isla Despellejada
Pecio Aflorante
Por aquí, al mar de los Ratazos
ISLA DE LOS RATONES
1
2
3
4
5
6
7
8
9
10
11
12
13
14
15
16
17
18
19
20
21
22
23
24
25
26
27
28
29
30
31
32
33
34
35
36
37

La Isla de los Ratones

1. Gran Lago Helado
2. Pico del Pelaje Helado
3. Pico Vayapedazodeglaciar
4. Pico Quetepelasdefrío
5. Ratikistán
6. Transratonia
7. Pico Vampiro
8. Volcán Ratífero
9. Lago Sulfuroso
10. Paso del Gatocansado
11. Pico Apestoso
12. Bosque Oscuro
13. Valle de los Vampiros Vanidosos
14. Pico Escalofrioso
15. Paso de la Línea de Sombra
16. Roca Tacaña
17. Parque Nacional para la Defensa de la Naturaleza
18. Las Ratoneras Marinas
19. Bosque de los Fósiles
20. Lago Lago
21. Lago Lagolago
22. Lago Lagolagolago
23. Roca Tapioca
24. Castillo Miaumiau
25. Valle de las Secuoyas Gigantes
26. Fuente Fundida
27. Ciénagas sulfurosas
28. Géiser
29. Valle de los Ratones
30. Valle de las Ratas
31. Pantano de los Mosquitos
32. Roca Cabrales
33. Desierto del Ráthara
34. Oasis del Camello Baboso
35. Cumbre Cumbrosa
36. Jungla Negra
37. Río Mosquito

Queridos amigos roedores,
hasta el próximo libro.
Otro libro morrocotudo,
palabra de Stilton, de...

Geronimo Stilton